꽃처럼 돌아온다면

꽃처럼 돌아온다면

세상 사는 지혜를 찾는다

윤광일 지음

좋은땅

세상의 변화 속도는 갈수록 빨라지고 있다.

지난날 수백, 수천 년에 걸쳐 일어났던 변화가 지금은 수십, 수년 사이에 펼쳐지고 있다고 해도 과언이 아니다.

"상상하면 현실이 된다."는 말이 과장된 말이 아님을 보여 주고 있다.

앞으로 다가올 미래에 가장 큰 변화를 줄 요소는 인간 수명의 비약적인 연장과 그에 부수되는 문제 그리고 인간의 일자리를 위협하고 모든 부문에 강한 파급력을 줄 것으로 예상되는 인공 지능의 발전 양상이다.

미래 계획을 세워 대처해 나가면 축복이 될 수도 있겠지만 준비가 부족하면 예상하지 못한 불안한 미래가 펼쳐질지도 모른다.

국가적으로 그랜드 플랜이 있어야 하고 개개인도 관련 지식을 습득하고 역량을 키워 나가야 할 시점이다.

꽃이 피면 이윽고 시들고 마침내 떨어져 어디론가 사라지듯 만물은 생성(生成)되면 언젠가 소멸(消滅)되는 것이 생명의 이치요 우주의 섭리라고 할 수 있다.

꽃처럼 돌아온다면

삶의 길, 하늘의 도(道)를 탐구함에 있어 지혜와 통찰력을 주신 선현(先賢)들과 선지식인들에게 감사드린다.

　그러한 탐구와 사색의 일환으로 그동안 모아온 시와 단문 몇 편을 여기에 정리하였다.

　출판을 담당하신 좋은땅 출판사 관계자들 수고에 감사드린다.
　평소 수고를 아끼지 않으시는 영덕회, 회장님과 부회장님의 노고에 감사드립니다.

2024. 9.

윤 광 일

목차

봄

여름

가을

겨울

봄

목련꽃

눈이 부시도록 멋진 그대여!
나는 그대 순결함과 고결한 자태에
이 봄을 깊숙이 호흡한다오

기나긴 추위 속에서 꽃망울을 터트리고
순백의 향기를 온 세상에 울리는구려

그대 있음에
이 봄은 화려하고

그대 뽐냄에
만물은 숨죽인다오

그런데 이 봄에 일찍이 왔다가
갑자기 스러지는 그대 모습에
내 마음은 아려 온다오

왔다가 감이 어찌 그대뿐이려오
내년에도 새봄을 제일 먼저 알려 주오

꽃처럼 돌아온다면

사람도 꽃처럼 돌아온다면

봄이 오면
죽었는 듯 고목에서
새싹이 돋고

매화 산수유 목련화
꽃송이 피어나
온 세상 향기로 휘감고

언 땅 속에서 잡초는
흙을 밀어 올려 파릇파릇
생명의 부활을 알리고

냇가 버드나무는
시냇물 소리에
새잎 짙푸른데

한 번 간 그 님은
돌아올 줄 모르니

어찌 애닳다
아니하리오

떨어져 쌓이는 꽃잎처럼
그리움만 쌓이네

오늘도 가 보지 않은

오늘도
해그림자
서쪽에서 동쪽으로
긴 궤적을 그리며 사라지는 동안

사람들은
호흡하고
사랑하고 미워하고
환호하고 한숨짓고
넘어지고 다시 일어서고
일터에서 고군분투하고
생사의 경계를 넘나들고
내일을 꿈꾸고

오늘도
가 보지 않은
역사의 한 페이지가
쓰여지는구나

무명의 꽃

구름 위의 태양은
안 보여도
그곳에 있고

길가 무명(無名)의 꽃은
쳐다보는 이 없어도
그곳을 빛내고

현인의 구도(求道)의 열정
세상은 잠들어도
잠 못 들고

어버이의 사랑의 샘은
퍼내고 퍼내도
마르지 않는구나

행복이란

욕심이 적을수록 커지는 것
돈으로 살 수 없는 것
외부 조건보다는 내부 마음에 더 달려 있는 것

거지의 행복지수가
백만장자의 행복지수보다
더 낮다고 장담할 수 없는 것

홀로 행복해하다가
남과 비교하기 시작하면 사라지는 것

앞만 보고 달릴 때보다
뒤를 돌아보고
옆을 둘러보았을 때 찾아오는 것

사랑하는 자식에게도
물려줄 수 없는 것

살면서 고생스러워도

훗날 그 시절이 행복했다고 회상하는 것

인내 노력 땀방울
양보 베풂의 대가

행복하다고 열심히 외치는
사람에게 잘 찾아오는 것

평온한 일상이 행복임을
뒤늦게 깨닫는 것

행복은
지금
여기에 있는 것

그대의 선택

눈을 뜨면
주어지는 선택의 갈림길

학교에서
정답을 고르고
친구를 고르고

학교를 고르고
전공을 고르고

직업을 고르고
직장을 고르고

배우자를 고르고
살 집을 고르고

차를 고르고
옷을 고르고

먹을 것을 고르고
유희를 고르고

재테크를 고르고
종목을 고르고

종교를 고르고
신념을 고르고

영원히 미물 곳을 고르고
눈감을 곳을 고르고

백지 위에 그려지는
삶의 긴 선택의 여정

오늘도
그대의 선택에
행운 있기를

꽃처럼 돌아온다면

반딧불

반딧불에
지혜를 밝히고

호롱불에
정(情)을 나누고

가로등에
어둠을 헤치고

여명에
두려움을 떨치고

낙조에
그리움을 삼키고

달빛에
순정을 바치고

햇빛에
생명의 불꽃이 피어난다

꽃처럼 돌아온다면

꽃이로서니

꽃이로서니
다 향기가 있을까

연인이로서니
다 다정(多情)할까

가족이로서니
다 정(情)이 깊을까

사원(社員)이로서니
다 헌신할까

가난이로서니
다 불편할까

부자로서니
다 고민이 없을까

무학(無學)이로서니

다 지혜가 없을까

현인(賢人)이로서니
다 현명할까

청춘이로서니
다 희망일까

노인이로서니
다 희망이 없을까

미인(美人)이로서니
다 마음이 고울까

그것이 인생이다

　　　　　　　　　　　　　　　　　꽃처럼 돌아온다면

뒷모습이 아름다운 사람

얼굴은
매일
세수하고
화장하고
마사지하고
거울 보고 또 보고
미소 지어 보고

뒷모습은?
당당한가
단정한가
기품 있는가
왜소한가
쓸쓸한가

뒷모습이 아름다운 사람, 그대

물의 여정

산봉우리에 떨어진 물은
동서남북 어데로 흘러가서

물이
물을 만나고
개울물이 되고
시냇물이 되고
강물이 되어

이름을 얻고
세(勢)를 이루고
지류를 만나고
탁류를 만나고

돌에 부딪히고
물고기 목을 적시고
바람에 흔들리고

잠시도 쉼 없이

꽃처럼 돌아온다면

흘러 흘러
바다에 이르니

긴 여정 내려놓고
이름을 내려놓고
그리움 내려놓고

마침내
바다에 몸을 던지니
본향(本鄕)의 품 안에서
고이 잠들다

최고의 찬사

그대와
동시대(同時代)를 함께해서
행복했습니다

그대는
낙락장송 위의 고고한
한 마리 학입니다

그대는
목련화보다
더 순결한 한 떨기 꽃입니다

그대는
누님처럼 포근한
한 송이 국화 향기입니다

그대가
바로 당신이라면

하늘의 도

하늘의 도(道)는
성글어도
빠져나가는 이 없고

어부의 그물은
촘촘해도
빠져나간 물고기가 있고

세월의 그물은
안 보여도
탈출한 이 아무도 없구나

하늘의 별

그대
보름달같이 환하고
목련화같이 순결하고
한 마리 학처럼 고결한
국화 향기 나는 그대 모습

날이 가고
달이 가고
해가 가고
그대 빛나든 설부화용(雪膚花容) 어데로 갔느뇨

불현듯
꽃잎 떨어져
세연(世緣)을 다하시니

어찌
애닯다 아니하리오

인생 100년이

꽃처럼 돌아온다면

한바탕 꿈결 같다 했으니
꿈속을 헤매는 듯 아련하구려

서리서리 쌓인 시름
바람에 날리고
청초한 그대 모습
가슴에 묻고

하늘의 별이 되어
영원히 빛나소서

봄의 전령

천하는 고요하되
운행의 이법은 착오가 없으니

엄동설한 한겨울에
제주의 유채꽃 향기가
북쪽으로 울려 퍼지는구나

육지를 향한 일념
육지를 향한 염원

새봄의 전령 되어
벌써 앞산에 이르렀구나

꽃처럼 돌아온다면

천하의 명의도

천하의 명의(名醫)도
병이 알아서 안 오지 않고

천하의 미색(美色)도
주름살이 알아서 피해 가지 않고

천하의 권세도
세월이 알아서 멈추지 않고

천하의 장부(丈夫)도
늙음이 알아서 안 오지 않고

천하의 재물도
생사(生死)의 그물을 찢을 수 없네

그대는

그대는
저 산 밑에 한 송이 백합화입니다

그대는
잡초보다 더 질긴 잡초입니다

그대는
길 없는 길을 만든 개척자입니다

그대는
천 길 낭떠러지 옆을 지났습니다

그대는
자식만을 위해 희생했습니다

그대는
배운 게 없지만 뛰어난 철학자입니다

그대는

꽃처럼 돌아온다면

오늘도 샛별이 되어 반짝입니다

그대는
우리들 가슴속에 오늘도 숨 쉽니다

그대는
척박한
이 땅에서
생을 이어 간
모든 무명(無名)의 조상님입니다

묵상

어둠을 깨고
찬란하게 비추는 햇살

창공을
자유자재하는 뭉게구름

숲속에서 지저귀는
종달새 소리

창문으로 스며드는
정원의 솔 향

별빛을 보며
사색하는 오솔길

바다 조각배 위의
낚시하는 나그네

오늘은

꽃처럼 돌아온다면

어제 세상을 떠난 이가

그토록 그리워하던

하루임을 묵상하면서

다가오는 미래

인류 역사는 땅이 중요했던 지본사회(地本社會)에서 돈이 중요한 자본사회(資本社會)를 지나 통합적으로 보고 지혜를 활용하는 뇌본사회(腦本社會)가 도래한다.

프랑스 미래학자 구 보디망은 앞으로 인간 평균 수명은 120세가 되며 2070년이 되면 일생에 2~3번 정도 결혼할 것이고 가족 구성은 이질적인 다문화 가정이 될 것으로 예측하였다.

이러한 축복과 같은 평균 수명 상승은 전 세계적으로는 인구 과밀, 환경 오염 문제 그리고 국내적으로는 정년 연장 문제, 일자리 등을 둘러싼 세대 간 갈등 문제, 간병 부담 문제 등이 논의되고 해결되어야 할 것이다.

인공지능(AI)과 인공지능이 탑재된 로봇은 직업 판도에 대변화를 가져올 것이다.
인공지능을 탑재한 기계는 인간보다 훨씬 일을 잘할 뿐만 아니라 24

꽃처럼 돌아온다면

시간 일을 해도 불만이 없다.

기계 스스로 학습하며 더 좋은 방식을 찾아낸다.

인공지능의 역할은 어디까지 미칠까?

"AI는 부조종사에 머물러야 하고 사람의 역할이 필요하다."

— 영국 수낵 전 총리

"미래에 직업은 더 이상 필요 없어질 것이다."

— 일론 머스크

첫째, 인공지능이 생산성을 높여 줄 조력자지만 수많은 일자리는 대체하지 못할 것으로 보는 제한적 역할론. 건설 현장에 거대 중장비가 도입된 덕분에 훨씬 많은 일을 할 수 있는 이치와 같다고 본다.

이상적인 역할로 볼 수 있다.

둘째, 인공지능이 생각하는 단계까지 발전하여 대부분의 일자리를 대체하고 직업은 더 이상 필요 없어질 것으로 보는 전면적 역할론. 이 경우 인간은 노동으로부터 완전 해방이라는 유토피아적 삶이 구현될 수도 있고, 모든 일자리에서 밀려나 인간의 설 자리가 없는 악몽과 같은 미래가 기다릴 수도 있다.

인간으로서 존엄성을 유지하면서 삶의 의미를 어떻게 찾느냐가 숙

제로 남을 것이다.

미래는 누구에게나 다가오며 준비하는 자의 몫이다.
인공지능의 원리와 활용법을 아는 사람들이 개인과 조직 활동에서
앞서 나가게 될 것이다.

상상하면 현실이 된다.

새로운 것에 열린 마음을 가지고 능동적으로 대처해야 새로운 시대
를 맞이할 수 있을 것이다.

꽃처럼 돌아온다면

직장 생활

직장 생활은 끊임없는 전투라고 할 수 있다.

달성해야 할 목표가 있고 상사도 있고 경쟁자도 있다.

정해진 업무를 묵묵히 열심히 수행하는 것이 이전 직장인의 자세였다면 지금 시대는 급변하는 상황에 따라 자신을 빠르게 적응하고 문제 해결 능력을 갖추는 것이 필요하다.

입사 첫 1년이 중요하다.

인사, 표정, 일하는 태도, 마음 씀씀이 등에서 매일 상사나 동료들에게 인상을 남기게 된다.

20분 일찍 출근하고 20분 늦게 퇴근할 것.

적극적이고 밝은 모습을 보여 줄 것.

힘든 일은 앞장서서 할 것.

주변 환경 정리는 깔끔히 할 것.

'저 친구는 기본이 되어 있군!'이라는 이미지를 심어 주는 것이 중요하다.

직장 생활에서 상사와의 관계가 중요하다.
신뢰와 존중을 바탕으로 한 상사와의 좋은 관계 유지가 필요하다.

회사 내에서 리더가 되고자 한다면 리더로서의 덕목을 평소에 연습하고 체질화해 나가야 한다.

"당신이 어떤 것을 간단히 설명하지 못한다면 제대로 이해하고
있지 못하기 때문이다."

– 아인슈타인

보고서나 기획안을 작성할 때는 문제의 핵심을 파악하고 단순 명료함이 중요하다.
내용이 많은 경우 1페이지 내지 한 줄로 요약한다.

직원은 상사에게 문제를 안기지 말고 해결책을 제시하도록 한다.
상사는 팀원들에게 완벽을 바라지 말고 의사 결정은 신속하게, 지시는 명확하고 구체적으로 해야 한다.
또 보고서의 글자, 표현에 너무 얽매여서는 안 된다.

열정이 없다면 성공할 수 없다.

꽃처럼 돌아온다면

의견을 밝힐 때는 확인한 사실과 대안을 제시한다.

남과 다른 관점에서 문제에 접근함으로써 자신만의 차별성을 키우면 좋다.

시키는 일만 하는 사람은 앞서가기 어렵다.

상사가 요청하기 전에 미리 문제점을 파악하고 해결 방안을 모색한다.

고객, 거래처와 일할 때는 회사를 대표한다는 자세로 책임감을 갖고 일한다.

상사, 동료들과 좋은 관계를 유지하는 것은 성공적 직장 생활의 첫 번째 요소가 된다.

미래를 내다보고 빠르게 적응하고 변화하려는 자세가 중요하다.

나무 사랑

밤이 내리면 나무들은 서로 서로에게 안부를 묻고 속삭일지도 모른다.
나무를 쓰다듬으면 고맙다고 인사를 하지 않을까.
나뭇잎에 맺힌 이슬 한 방울에도 온 우주가 숨어 있다.

태어나서 미련스럽게 그 자리를 차지하고 산소를 주고, 여름에 시원한 그늘을 만들어 주고, 푸르른 녹음으로 눈을 씻어 주고, 새들의 보금자리가 되어 주고, 마지막에 땔감이 되거나 썩어 생명의 양분으로 돌아가는 배울 점이 많은 고마운 존재다.

나무는 주변 환경 변화에 가장 민감한 생명체라고 한다.
해를 향해 뻗도록 되어 있는 우듬지의 끝은 햇볕의 상태를 주시하다가 미련 없이 방향을 바꾼다.
우듬지가 구심점 되어 나무는 자라는 동안 일정한 수형을 유지한다.

산속을 오를 때나 나무 사이를 걸을 때는 나무의 향기를 음미하고 한 그루, 한 그루와 인사하면서 천천히 걸어 보자.

꽃처럼 돌아온다면

지치고 힘든 일상에 위로와 치유를 받을 수 있다.

성자(聖者)를 보듯 너를 본다.
너가 있어 서늘한 바람이 일고
너가 있어 푸르름의 노래가 흐르고
너가 있어 생명의 숨결이 일렁인다.

쓰러진 나무의 생로병사에서 인생도 자연의 순환법칙을 따라야 함
을 배운다.
미리미리 준비하여 모두 나눠 주고 후회 없이 떠나는 삶을 가르쳐 주
는 것이 아닐까.

진로 교육

적성에 안 맞는 진로를 선택하면 어떤 비용을 치를 수 있을까?

ⅰ) 대학 진학 후 중도 포기할 수 있다.
ⅱ) 취업 후 이직할 수 있다.
ⅲ) 직장 생활에서 행복을 못 느낄 수 있다.

소질과 적성에 맞는 진로 설계가 무엇보다 중요하다.

이어령 전 이화여대 석좌교수님은, "모두가 한 방향으로만 뛰면 1등이 한 명뿐이지만, 360도로 뛰면 360명이 1등을 할 수 있다. 다양한 가치를 지향하는 것이 온 국민이 빨리 행복해지는 길이다."고 강조했다.
개인의 개성을 살리는 교육, 직업의 다양성을 존중하는 사회가 선진 사회다.

진로 방향을 결정함에 있어 먼저 나 자신을 바로 알아야 한다. 나의 흥미, 성격, 강점, 가치관 등이 무엇인지 파악해야 한다.

꽃처럼 돌아온다면

적성을 파악하고 진로 방향을 설정하는 데에 도움이 되는 진로적성 검사를 중고등학교 시기에 받는 것이 필요하다.

앞으로 어떤 일을 해야 행복하고 보람된 인생이 될 것인지 장래 목표를 세우도록 한다.

미래학자 레이 커즈와일은 미래 유망 산업으로 식량 안보, 수명·질병, 보안, 데이터 분석, 콘텐츠, 실버·시니어, 배송, 의료 계열, 친환경 산업군을 예상하고 있다.

사람이 좋아하는 일을 하면 성과가 높아지고 창의성이 발휘된다.

한 분야에 일로매진하여 연구하면 명장이 될 수 있으며 부(富)는 자연스럽게 쌓이게 될 것이다.

인생의 목표나 방향도 정하지 않고 성적만 올려 상위 순위의 대학에 진학하고자 하는 '간판 따기식 진학'의 근시안적인 접근에서 벗어나야 할 것이다.

진로 설계에서
부모의 관심사보다는 자녀의 생각을,
대학보다는 학과 선택을,
현재의 관점보다는 미래의 펼쳐질 세상을,
중요하게 여겨야 할 것이다.

여름

기도

푸르른 나무가 없다면
볼을 스치는 바람결이 없다면

외투를 벗기는 햇빛이 없다면
숲속을 깨우는 새소리가 없다면

골목길 어둠을 밝히는 가로등이 없다면
차가운 방바닥을 데우는 땔감이 없다면

따스한 그대 미소가 없다면
희망을 가져 보는 새날이 없다면

새해에는 모두에 감사하게 하소서

꽃처럼 돌아온다면

그리움

어제는
그리움

불멸의 진리를 향한
사무치는 그리움

세상에 안 계신 선친(先親)의
사무치는 그리움

국화 향기 나던 그 님의
사무치는 그리움

은혜를 베푸신 앞선 선인(善人)의
사무치는 그리움

생명이 사위어 가는 할머니의
손자에 대한 사무치는 그리움

밤낮으로 노심초사하는 어버이의

자식에 대한 사무치는 그리움

어릴 적 시골 고향 산천의
사무치는 그리움

추위를 이기고 온 목련화의
불현듯 스러짐에 사무치는 그리움

애절한 그리움
생명의 불꽃입니디

꽃처럼 돌아온다면

백련사 동백꽃

꿋꿋한 태고적 기상으로
그 자리를 지켜 내니

새악시 수줍은 볼 같은
빨아간 동백꽃 토해 낼 때

산사의 맑은 기운
천하에 퍼지리니

속세의 묵은 때
남김없이 털어내리

살아오면서

살아오면서
다른 사람에게
생명의 은인이 된 적이 있던가

연탄처럼 온몸을 불태워
유익(有益) 했던 적이 있던가

세파에 지쳐 쓰러질 때
손을 내밀어 따뜻한 온기를 전한 적이 있던가

차비 없는 이에게
나의 호주머니를 턴 적이 있던가

슬픔에 잠겨 눈물 흘릴 때
같이 눈물 흘린 적이 있던가

기쁨에 겨워 환호할 때
내 일인 양 축하해 준 적이 있던가

꽃처럼 돌아온다면

모두를 위해

두 손 모아 기도한 적이 있던가

어제는 그리움

어제는 그리움
내일은 희망
오늘은 현실

오늘이 내일 되면
다시 오늘

오늘이 내일 되면
오늘은 그리움

인생은
희망
현실
그리움으로
짜여져 있는
끝없는 길

꽃처럼 돌아온다면

인류의 미래

40억 년 전
지구가 탄생하고

무수한 자연 변화를 거쳐
인간이 탄생하고

무리 집단이 형성되고
무리 집단 간의 영역 싸움이 시작되고

권력이 탄생하고
무기가 정교화되고

동지 아니면 적으로 규정되고
국가가 탄생하고
거대 권력이 탄생하고
핵무력이 쌓이고

그다음 인류의 미래는 어딜까

삶이란

예행연습이 없는 것
바로 실전인 것

모두에게 하루 24시간이 공평하게
주어지되 열매는 모두 다른 것

나 혼자서는 부자여도
남과 비교하면 불만인 것

최선을 다 해도
결과는 장담할 수 없는 것

때로는 비단길을
때로는 자갈밭을 힘겹게 가는 것

한 치 앞을 알 수 없는 것

내일은, 내년은 다르겠지 하고
희망을 가져 보는 것

　　　　　　　　　　　　꽃처럼 돌아온다면

뒤돌아보면
만족, 환희, 감사보다
부족, 후회, 불효가 더 많은 것

하루하루는 지루하고 길어도
1년은 지나고 보면 금방 가고
인생 100년은 바람결 같은 것

살 만해지면
조금 남아 있는 것

올 때는 순서가 있으나
갈 때는 순서가 없는 것

탄생부터 종착지까지
적어도 책 한 권의 역사를 남기게 되는 것

알 듯하면서도
도통 알 수 없는 무엇

손자 사랑

손자를 무한대로 사랑하는
할머니들의 심리적 기제(機制)는 무얼까?

나는 머지않아 떠나지만
DNA는 계속 이어지리라는 안도감일까

영원히 살고 싶은 염원의
대리 실현자로서 구원자일까

나를 잊지 말고
기억해 달라는 호소일까

인류 역사 5천 년을 가능케 한
종족 보존의 본능일까

인생의 막바지에 다가선 노인네와
막 시작하는 손자와의 각별한 정

생명의 사라짐과

꽃처럼 돌아온다면

생명의 탄생을 이어 주는

오묘한 사랑의 밀물 같은 것

혜안과 용기

그대여
모두가
동쪽을 바라볼 때
서쪽을 보고

모두가
서쪽을 바라볼 때
동쪽을 보는

혜안(慧眼)과
용기가 있는가

꽃처럼 돌아온다면

점포 정리

점포 정리 가게를 지나가면
마음이 짠해집니다

부푼 꿈을 안고
시작한 사업이
이리될 줄 누가 알았을까요

나만은
내 점포만은
대박 맞을 것이라고

어찌 세상일이
자기 뜻대로 되던가요
풍랑도 맞으면서
헤쳐 가야겠지요

부디
다른 곳에서 대박 나소서

무상

만물은
생로병사(生老病死) 하고

국가는
성쇠(盛衰) 하고

세계는
이합집산(離合集散) 하고

우주는
성주괴공(成住壞空) 하니

그대로
머물러 있는 것은
아무것도
없을 뿐이로다

차별 없는 마음

햇빛은
만물을 비춤에 차별이 없고

강물은 바다을 흐름에
모양을 구별하지 않고

불변의 진리는
모두를 깨우침에 차별이 없고

어미는
자식 사랑에 차별이 없고

현인은
사람을 대함에 차별이 없고

차별 없는 그대 마음
이미 도(道)에 이르다

꿈

휴머노이드 로봇이 24시간 공장에서
물건을 만들고 한계비용이 제로에 근접하여
거의 공짜로 물건을 사게 된다면

집에서는 휴머노이드 로봇이
가사 일을 알아서 다 한다면

인간은 노동에서 해방되어
여가활동, 운동, 하고 싶은 일만 하고 산다면

몸의 질병은 알약을 삼키면 나노로봇이
환부에 들어가 치료하고 완치된다면

인간의 노화 DNA를 찾아 노화를 억제하고
주요 질병을 정복하여 수명이 크게 늘어난다면

태평양 바닥에 수중 도시를 건설하여
여름 피서지로 이용한다면

꽃처럼 돌아온다면

다가오는 미래
아스라한 꿈

우애를 심어 주면

재산을 많이 물려주면
다툼이 있고

물려줄 재산이 없으면
마음이 아프고

우애(友愛)를 심어 주면
성근(誠勤)을 심어 주면

검약(儉約)을 심어 주면
정직(正直)을 심어 주면

안심되리라

꽃처럼 돌아온다면

기술 문명

무섭게 질주하는
기술 문명

가속해야 할까
늦춰야 할까
멈춰야 할까

아니면
되돌아가야 할까

잠시
발걸음을 멈추고
방향 정하면
어떨까요

비가 내리면

비가 내리면
마음은 촉촉이 젖습니다

비가 내리면
메마른 나뭇가지에 생기가 돕니다

비가 내리면
잡초는 흙을 더욱 힘차게 밀어 올립니다

비가 내리면
산비둘기 다리 밑에서 휴식을 취합니다

비가 내리면
봄이 오는 들판에서 농부의 마음 바빠집니다

비야
비님
고맙습니다

꽃처럼 돌아온다면

침묵은

침묵은
말의 소음을 넘어
지혜를 얻는 고요함이요

비움은
없음이 아니라
채우기 위한 시작이요

웅크림은
멈춤이 아니라
비상을 위한 준비요

고난의 눈물
한 방울은 좌절이 아니라

영광의 꽃비 되는
밑거름이 되리라

행복은

행복이란 일상처럼 평범할까?
하늘의 무지개를 쫓는 것처럼 특별할까?

사소하고 일상적인 것 속에 행복의 열쇠가 숨어 있다.
우리가 너무 외부적인 것, 물질적인 것, 큰 것에만 관심을 갖다 보면
주변의 행복을 놓치기 쉽다.

길을 가다가 황금색으로 떨어져 있는 은행나무 잎을 밟으면서 우리
는 행복해질 수 있다.
첫눈 오는 날 하얀 눈 속에 빨갛게 반짝이는 산수유 열매를 본다면
행복을 느낄 수 있다.

비탈길을 힘겹게 오르는 할머니의 짐을 대신 들어 주는 젊은이의 뒷
모습을 본다면 가슴이 따뜻한 행복을 느낄 수 있으리라.
어느 봄날 겨우내 묵었던 이불, 옷 빨래를 하고 집 안 먼지를 털어낸
후 따스한 햇볕에 누었을 때 개운한 행복감이 찾아올 것이다.

꽃처럼 돌아온다면

살아가면서 원하는 목표 달성을 행복이라고 생각하기 쉽지만, 그런 경우 행복감은 오래 가지 않는다.

행복은 도달해야 할 어떤 지점이 아니라 과정에 있다.

결혼하여 알뜰살뜰 한 푼 두 푼 모아 재산이 불어나는 과정에서 장래 행복의 꿈이 영글 것이다.

산에 오를 때나 내려올 때 밟는 흙의 숨결에서, 나무와의 대화에서 행복을 느낄 수 있다.

행복은 일상을 충만히 사는 데에 있다.

아무리 즐거운 것이라도 오래 지속되면 사람들은 피로감과 불안감을 느낀다고 한다.

아침에 일어나 약간은 땀 흘리는 일을 해낸 뒤에 느끼는 일상의 기쁨은 행복의 원천이다.

행복은 무엇을 소유할 때가 아니라 함께 나눌 때 찾아온다.

행복은 시간적으로 지금, 공간적으로 여기에 있다.

전쟁 없는 세상

소설가 정비석은 『소설 삼국지』 서문에서 "인류 역사는 이합집산의 연속이었다."고 진단했다.

더 정확히 규정한다면 '세계 역사는 끝없는 전쟁을 통한 이합집산의 연속이었다.'고 해석할 수 있다.

강대국 간의 패권 전쟁.

강대국의 약소국 침략 전쟁.

약소국끼리의 주도권 전쟁.

한 나라 안에서의 내전.

국가 간의 전쟁은 땅 뺏기 싸움이고, 나라 안의 싸움은 권좌 뺏기 싸움이다.

우리 민족 역사 5천여 년 동안 외침을 당한 횟수가 931번이라고 한다.

5년에 한 번 꼴로 크고 작은 외침에 시달려 왔다.

'작은 반도국가'라는 지정학적 조건은 우리 민족의 운명이고 숙명이다.

꽃처럼 돌아온다면

독일 군인 클라우제비츠는 『전쟁론』에서 전쟁의 본질을 "전쟁은 상대를 복종시키기 위한 폭력 행위다."고 규정했다.

왜 전쟁은 계속 일어날까?

인간의 공격 성향이 집단적 호전성으로 나타난다는 주장, 자국의 능력과 상대국의 능력을 잘못 판단하면 발발한다는 주장, 부(富)를 획득하기 위한 의도적인 행동으로 정치의 파생물이라는 주장 등이 있는데, 지도자의 성격은 전쟁의 발생에 중대한 영향을 미치게 된다.

이 땅에서도 불과 몇십 년 전에 전쟁이 있었고 21세기에도 세계 도처에 전투는 계속 일어나고 있다.

인류의 삶이 계속되는 한 전쟁 없기를 바라는 것은 요원한 바람일지 모른다.

클라우제비츠의 다음 말을 매일 가슴에 새겨야 할 것 같다.

"평화를 원하거든 전쟁을 대비하라."

장수명 아파트

우리나라 국민 74% 정도가 아파트에 거주하고 있는데 OECD 국가 중 1위라고 한다.

아파트 공화국이라 불릴 만하다.

좁은 국토에서 수직 밀집화로 땅의 효율적 이용과 인프라 구축이 용이한 이점은 있다.

유럽은 클래식한 건물이 많아서 100년 정도면 신축에 속하고 프랑스 파리는 200년 넘는 건물도 많다.

영국 아파트의 평균 수명은 128년, 독일 121년, 미국 71년 정도 된다고 한다.

여기서는 상수도, 전기설비 등을 매립하지 않고 노출 시공하여 개보수가 쉽도록 되어 있다.

우리나라 아파트 평균 수명은 30년 정도 되는데, 보통 20년만 넘어가면 재건축 얘기가 나오기 시작한다.

벽에 금이 가고 녹물이 나오고 하수구가 막히고 냉난방 기능이 떨어

꽃처럼 돌아온다면

지고 설비 교체가 어렵다는 등의 이유다.

우리나라 아파트는 벽식 구조로 부수지 않고는 관을 교체할 수 없다.
부수고 새로 짓는 데는 모래, 자갈, 시멘트, 철근 등 많은 자원이 필요
하고 폐잔해물 처리도 만만치 않다.

콘크리트의 물리적 수명은 100년 정도 된다고 한다.
얼마 전 우리나라도 수명 100년을 목표로 하는 장수명 주택이 준공
되었는데, 내구성을 강화하고 유지 보수를 쉽게 하며 층간 소음을 줄이
는 개선 방안을 빨리 찾아서 주택 수명 100년을 목표로 하는 장수명 아
파트가 보편화되기를 기대한다.

지구 온난화

"지구 온난화로 인한 멸망을 원하지 않는다면 100년 안에 지구를
떠나라"

                                        – 스티브 호킹 박사 유언

인류의 멸종 시계는 23시 59분.
앞으로 2도 이상 기온이 올라가면 생물종의 20~30%가 멸종 전망.

2015년 채택된 '파리협정'은 지구 온도 상승폭을 산업화 이전 대비 최
소한 섭씨 2도 이하로 제한하고 1.5도 이하로 억제하기 위해 노력하자
는 내용이다.

최근 유엔환경계획(UNEP)은 이번 세기에 약 3도 상승을 전망하면서
온난화가 인간이 통제할 수 있는 임계점을 넘어서고 있어 지구상의 광
활한 지역이 인간이 거주할 수 없는 곳이 될 수 있다고 경고하면서 각
국의 적극적인 조치를 촉구하고 있다.

꽃처럼 돌아온다면

〈기후 변화 요인〉

 ⅰ) 인구 증가

 ⅱ) 산업 활동에서 석유, 석탄, 가스 등 화석연료 사용 증가

 ⅲ) 가축에 의한 온실가스 증가

지구 온난화를 늦추기 위해서는 인류가 소비 수준을 낮추어야 한다. 에너지원을 화석연료에서 재생 에너지로 바꾸어야 한다.

우리도 일상생활에서 온실가스 배출을 줄이기 위한 작은 실천을 오늘부터라도 시작해야 한다.

 ⅰ) 줄이고 재사용하고 재활용하기

 ⅱ) 1회 용품 사용 자제

 ⅲ) 에너지 절약

 ⅳ) 자동차 타이어 압력 적정 유지

 ⅴ) 나무 심기 등

가을

숲이 있어야

숲이 있어야
맑은 공기가 있고
스치는 바람이 있고
푸르름이 있고

새가 날아들고
새들의 먹이가 있고
풀벌레의 보금자리가 되고

나무들의 대화가 있고
나무들의 침묵이 있고

지친 사람들의 의지처가 되고
그늘이 되고
충전소가 되리니

숲이 있어야
네가 있고

내가 있고
생명이 있다

삶

창가
낙엽 떨어지는 소리에
가을이 왔음을 알고

길가
언 땅에서 잡초 푸르름에
봄이 왔음올 알고

구름
자유자재함에
걸림이 없음을 알고

나무
쓰러진 나무에서
생로병사(生老病死)의 순환을 알고

민초
신음 소리에
선정(善政)이 멀었음을 알고

꽃처럼 돌아온다면

나그네
귀밑머리 서리에
세월이 흘렀음을 알고

할머니
손주 사랑함에
대(代)를 이은 삶의 의미를 알고

농부
논 갈고 밭 씨 뿌림에
가을의 열매를 알고

난초
청초한 난초의 기품에
고결한 삶을 그려 본다

고향 산천

고향 산천 산과 들은
변함없이 푸르건만

돌담길은 허물어져
그림자도 안 보이고

주인 잃은 초가집은
잡초만이 무성하고

그리운 형제자매
어데로 가셨기에

쓸쓸한 찬바람만
나를 반기네

꽃처럼 돌아온다면

저 멀리서 보면

저 멀리서 보면
낙락장송 우거진
늘 푸른 숲속도
다가가서 보면

비바람에 쓰러진 나무
딱따구리에 파인 나무
칡넝쿨에 감긴 나무
사연 없는 나무 없듯이

인간 세상도
모두 무거운 짐
하나씩 짊어지고
힘겹게 오르막 오르니

나만 힘들다고
우리 집만 어렵다고
불평해도
소용없으리

평지에 이를 때까지
짐 내려놓을 때까지
인내하며 오르는 수밖에

꽃처럼 돌아온다면

천년의 강물도

천년(千年)의 강물도
물이 마르니
바닥이 드러나고

천년의 주목(朱木)도
바람에 쓰러지니
뿌리가 뽑히고

천년의 제국(帝國)도
쥐구멍에
성벽이 허물어지고

천하미색 만고절색(萬古絶色)은
스치는 한 가닥 주름살에
눈물짓누나

다른 사람의 유익

어느 분이
"오늘 하루 다른 사람의 유익(有益)을 위해
한 일이 아무것도 없다면,
오늘 하루도 헛살았다고 보면 맞다."고

엄숙한 말인데
실천이 쉽지 않구나

따뜻한 미소라도
사심 없는 칭찬이라도

배고픈 이에게 한 조각 빵이라도
비탈길 오르는 할머니 짐이라도

모두를 위한 작은 기도라도

꽃처럼 돌아온다면

그리운 소리

대숲에 바람 스치는 소리
장독대에 비 떨어지는 소리
가을밤의 풀벌레 소리
앞산의 뻐꾸기 소리

훈풍에 개울물 얼음 깨지는 소리
샘터에서 아낙들의 빨래 방망이 소리
들녘에서 소 부리는 농부 소리
사랑채에서 낭랑한 글 읽는 소리

선생님의 풍금 소리
아이들의 와자지껄 학교 가는 소리
순이 집 마당에서 꽃지짐 부치는 소리
새색시의 사뿐사뿐 발소리

아득히 봄이 오는 소리
꿈이 영그는 소리
그리운 소리

인간의 감각기관

인간의 감각기관은
꽤 미비(未備)하다

세균은 눈에 보이지 않는다

벌레가 기어가는 소리는
귀에 들리지 않는다

병에 걸려 미각 기능이
마비되기도 한다

미비한 감각기관으로
내린 판단은 많은 맹점을 안고 있으나

사람들은
보통
그 판단이 확실하다고 믿는 경우가 많다

꽃처럼 돌아온다면

첫눈에 반하다

그대를 보기만 해도
웃음이 나요

이유 없이 행복해요
어떤 고통도 견딜 수 있어요

희망으로 가득해요
배고픔을 잊어요

1시간이 1분 같아요
하얀 눈이 사뿐히 오면 좋겠어요

그대 꿈을 꾸고 싶어요
그대 손을 잡을 수 있을까요

비닐 쓰레기

아파트 쓰레기 수거장은
매일 쓰레기 수거해 가도
매일 쌓이는 비닐, 폐플라스틱으로 넘쳐나고

농촌의 땅은 숨 쉬고 비가 스며야 하지만
폐비닐로 숨이 막히고

바다는 세상천지에서 모여든
비닐, 폐플라스틱으로 산을 이루고

썩어 분해되는 데
500년 이상이 걸린다는 비닐류 쓰레기

비닐류 사용을 획기적으로
줄일 수 있는 방안이 나오기를

두 손 모아 기도합니다

하나뿐인 지구

인명을 해치는 무시무시한
살상 무기를 보유하고도

마음이 안 놓여
더 무시무시한 무기
만드는 데 골몰하고

언젠가 인간의 통제선을 벗어난 상태로
인류를 위협하게 된다면

뭐라 해야 할까?

무기님
엎드려 절하옵니다
한 번만 인류를 살려 주시면
이 은혜 평생 잊지 않겠습니다

이런 날이 안 오기를

가난

모든 사람이 싫어하는 무엇
임금님도 어쩌지 못한다는 괴물 같은 무엇

먹고 싶은 것
하고 싶은 것을
못 하게 하는 훼방꾼

학생 시절 버스 대신
자갈길을 걷게 하는 야속한 무엇

티를 안 내려 해도
온몸에서 말하고 있는 누추한 무엇

아무리 발버둥 쳐도
비빌 언덕은 있어야 벗어나는 무엇

게으름 낭비 무계획의 친구
불공평한 것 중 대표 주자

꽃처럼 돌아온다면

부자가 가난 되는 시나리오보다
가난이 부자 되는 시나리오가
멋지고 통쾌한 것

나중에
부자 되어 회상하면서
찐한 아픔과 함께

아련한 추억으로 남는
그리운 무엇

무명의 민초

옛적
보리밥도 먹기 어려운 시절

새벽부터 저녁까지
논 밭 산으로
김매고 소 몰고 밭 갈고 나무하고

눈치 보이는 셋방살이
찬물에 애 옷 빨래하면서
물 많이 쓴다고 눈치 받고

다들 그렇게 힘들게 살면서도
작은 희망을 품고
고난을 견디며
어엿하게 자식 키워 낸

이 땅을 살아간 모든 무명의 민초(民草)들에게
감사와 경의를

꽃처럼 돌아온다면

엄숙한 숙명

삶이란
때로
폭풍우 휘몰아치는
바다에 떠 있는 조각배

때로
꽃 피고 새 우는
만물이 생동하는 춘삼월(春三月)

때로
순백의 향기로 세상을 뽐내다가
뚝뚝 떨어지는 목련꽃

잡초처럼 질긴 삶을 이어 가며
한 편의 서사시를 쓰는 엄숙한 숙명(宿命)

동백꽃 붉은 마음

동백꽃 붉은 마음
충절에 빛나고

목련꽃 순백의 마음
세상을 정화하고

벚꽃 화려한 마음
꽃비 되어 날리니

나그네
깊은 시름
바람에 흩어지네

꽃처럼 돌아온다면

오늘

오늘
창살을 비추는 햇살은
어제의 햇살이 아니요

오늘
숨 쉬는 한 줄기 바람은
어제의 바람이 아니요

오늘
스치는 사람은
어제의 사람이 아니요

오늘
마주하는 거울 속의 그대 모습
어제의 모습이 아니구나

그런 알약

밤에 악몽을
안 꾸게 하는 약

아픈 과거
잊어버리는 약

미워하는 마음을
없애 주는 약

사랑의 마음이
샘솟는 약

웬만한 바이러스
다 잡아먹는 약

올바른 판단의
지혜를 주는 약
그런 알약

마음공부

마음이 기쁘고 여유가 있으면 지나가는 모든 사람들이 다 좋고 사랑스러워 보인다.

마음에 근심이 있고 여유가 없으면 그 반대다.

"손가락 한 번 튕기는 사이에 마음은 960번 변한다."

－『안반수의경』

마음은 온 우주가 들어갈 만큼 넓다가도 바늘 하나 꽂을 데가 없이 좁아지기도 한다.

마음공부는 공부의 시작이고 끝이다.

제일 어렵고 시간이 많이 걸린다.

선인들의 공부는 주로 마음공부였다.

조선 선비들은 독서에 앞서 고요히 앉아서 정신을 집중하여 마음을 하나로 모으는 정좌(靜坐)를 중요시하였다.

정좌는 몸만 고요하게 앉아 있는 것이 아니고 마음에 망념이 일어나지 않도록 전일하게 하나로 통일시키는 것이다.

율곡 이이는 정좌를 통해 자신을 수양해야 한다면서 "학자들이 먼저 힘써야 할 것으로 정좌하여 마음을 보존해서 고요한 가운데 산란하지 않고 혼매하지 않게 해서 근본을 세워야 한다."고 했다.

우리가 외로운 것은 주변에 사람이 없어서가 아니고 마음을 닫고 있기 때문이다.
내 것이라고 집착하는 마음이 모든 괴로움의 뿌리다.
남을 많이 칭찬하면 불필요한 경쟁심에서 벗어나 마음이 자유로워질 수 있다.
마음이 단정하고 뜻이 바른 것이 진정한 아름다움이다.

마음이 안정되지 않으면 독서를 해도, 사색을 해도 번잡한 생각만 더할 뿐이다.
정좌를 생활화하여 마음을 안정시키는 일은 오늘 날도 필요한 마음 공부다.
마음과 생각을 가꾸는 일에 시간을 투자하고 관심을 가져야겠다.

꽃처럼 돌아온다면

남자 그리고 여자

　지구상의 많은 사람들 가운데 서로의 눈빛이, 마음이 불꽃처럼 빛나 가정을 꾸림은 최고의 축복으로 결혼 전 몇 가지 핵심 사항에 대한 점검이 필요하다.

　건강, 종교, 자녀(수), 특별한 습관 등.

　똑같은 종교를 가질 필요는 없다. 상대의 독립적인 종교생활을 이해하고 받아들일 수 있으면 된다.
　특별한 습관에 불편함을 느껴서는 안 된다. 용인 가능한 습관인지 의논해야 한다.

　부부는 한평생 살아가면서 어떤 자세가 필요할까?

　첫째, 상대방에 대한 인격적 존중이다.
　구성원 모두를 부처님으로 또 예수님으로 대우하면 된다.
　둘째, 경청이다.

나만 옳다고 하지 않는다.

셋째, 인내심으로 화를 내거나 큰 소리 치는 일이 없도록 한다.

넷째, 잘못된 것이 있으면 '내 탓이요.' 정신이다.

다섯째, 상대방에게 심리적 여유 공간을 제공한다.

불필요한 간섭은 자제한다.

여섯째, 가사, 관심사 등을 공유하며 원활한 의사소통을 한다.

중년기 이후 배우자 한쪽이 먼저 사망하여 이별의 고통을 겪을 수
있다.

갑작스린 이별 앞에 목 놓아 울고 그리워하고 미안해하는 것이 떠난
분에 대한 예의이자 존중이다.

행복한 결혼은 서로에 대한 진실, 인내, 배려, 감사, 존중 그리고 공감
이 필요조건이 될 것이다.

"지금 후회 없이 사랑하라. 사랑할 시간이 그리 많지 않다."

-『입보리행론』

꽃처럼 돌아온다면

10년 후 어느 날

앞으로 10년 후 어느 날,

주말 아침에 눈을 뜨자 피곤함을 느낀다.

몸에 부착돼 있는 칩으로 인공지능은 건강지수를 측정하고 수치가 낮음을 확인하여 주인에게 건강 회복 프로그램을 제시한다.

주인이 인공지능이 제시한 프로그램을 선택하자, 인공지능은 오늘 가게 될 휴식지와 식당을 바로 예약 처리하였다.

완전 자율주행차에 몸을 실으니 영화 한 편을 감상하는 동안 동해안 해변가에 도착하였다.

푸른 바다를 바라보며 해변가를 거닐다 요트를 타고 파도를 가르며 스트레스를 날려 버린 다음 예약된 식당에서 멋진 식사를 한 후, 자율 주행차를 타고 오는 동안 오랜만에 깊은 숙면을 취하는 사이 집에 도착하였다.

인공지능이 측정한 몸의 건강지수는 상쾌한 상태를 나타내고 있었다.

4차 산업혁명의 중추인 인공지능과 양자컴퓨터는 고성능 반도체로 구성되는데, 인공지능 기술은 인류의 미래를 좌우하는 가장 강력한 도구이자 게임 체인저가 될 것으로 기대되고 있다.

인공지능 기술은 이미 자연어 처리, AI 스피커, 자율주행, 물체 인식, 스마트 교통통제 분야 등 활용 범위가 확대되고 있는데 이를 이용한 제품이나 서비스는 무궁무진할 것으로 예상되고 있다.

특히 휴머노이드 로봇은 인공지능과 로보틱스의 결합으로 가정, 기업, 군대에서 큰 활용이 기대되며 스마트폰이나 자동차처럼 차세대 필수 전자기기가 될 수 있다고 전망하고 있다.

인간의 한계를 극복하고 싶어 하는 열망에 더해서 반도체의 고성능화로 발전을 거듭하는 인공지능이 인간처럼 의식과 감정을 갖는 수준까지 발전할지는 아직 미지수다.

꽃처럼 돌아온다면

은퇴 후를 대비하라

은퇴는 누구에게나 찾아온다.

20년, 30년 직장에서 회사와 그리고 가족을 위해 쉼 없이 달려 왔다면 은퇴 이후 행복한 노후를 꿈꾸게 될 것이고 또한 그러한 보상을 받을 자격이 있다.

100세 시대에 은퇴 후 30, 40년을 경제적으로 여유롭고 보람 있는 일을 하며 건강하게 보내는 것이 모든 이의 소망이 될 것이다.

직장 생활하는 동안 어떤 계획을 세워 실행하고 준비하였는가에 따라 은퇴 후의 삶의 질이 달라진다.

은퇴 준비는 직장 생활 초반부터 시작하는 것이 좋다.

가장 먼저 경제력을 갖추는 것으로 은퇴 후 소망하는 생활 스타일을 생각해 보고 은퇴 생활비를 산정해 본다.

이에 맞추어 장기 재무목표를 세우고 저축, 연금, 부동산, 여타 자기에 맞는 재테크 방법으로 꾸준히 실천해 나간다.

직장 생활 하면서 시간 날 때 또는 취미 활동으로 나만의 비장의 무기 하나씩을 갖추는 것이 좋다.

어학, 기술 자격증, 운동도 하면서 체육지도 자격증 등.

그리고 은퇴 이후 진정으로 하고 싶은 새롭게 도전할 일을 찾아서 준비해 두자.

마지막으로 건강, 체력 관리다.

매일 30분에서 1시간 정도 꾸준히 운동하는 습관이 필요하다.

『채근담』에 "부자일 때 가난을, 젊었을 때 늙음을 생각하라."고 했다.

나이 드는 것을 늙어 간다고 생각하기보다는 인생을 점차 알아가고 성숙해지는 과정으로 받아들이면 된다.

현대 경영학의 대부 피터 드러커는 "나의 전성기는 60세부터 90세까지 30년간이었다."고 했다.

"사람은 나이가 든다고 늙는 것이 아니다. 이상을 잃어버릴 때 늙는 것이다."

　　　　　　　　　　　　　　　　　　　　　　　　– 사무엘 울만

　　　　　　　　　　　　　　　꽃처럼 돌아온다면

겨울

한 톨의 곡식

한 톨의 곡식도
눈부신 햇빛과
스치는 바람과

휘몰아치는 비구름과
밑에서 밀어 올리는
물과 양분과

밤의 고요함과
새들의 지저귐과
풀벌레의 괴롭힘과

농부의 발자국 소리와
따스한 손길로
탄생하노니

귀하고
귀하구나

님을 찾아

벌 나비는
이리저리
꽃을 찾아 날아들고*

젊음의 설부화용(雪膚花容)
사랑 찾아
잠 못 들고

뒷산의 산비둘기
먹이 찾아
창공을 박차고

만석꾼의 높은 포부
이윤(利潤) 찾아
모여 들고

앙상한 나뭇가지
햇빛 찾아

---

* 민요 〈태평가〉 가사에서 인용.

우듬지 펼치고

현인(賢人)의 차가운 열정
진리 찾아
고금(古今)을 넘나들고

수도자(修道者)의 뜨거운 열정
오매불망 도(道)를 찾아
생사대사(生死大事)를 뛰어넘고

앞산의 부엉이는
떠난 님을 찾아
밤새 슬피 우는구나

꽃처럼 돌아온다면

애석해하도다

150년 전
부푼 희망을 안고
천 년의 계획과
만 년의 욕심으로
이 땅을 살아가신 모든 분들

오늘

이 대지에서
땅을 디디고
호흡하고
꿈꾸고
사랑을 나누고

아쉽게도
한 분도 안 계심을
애석(哀惜)해하도다

눈이 오는 날은

눈이 오는 날은
포근합니다

눈이 오는 날은
눈이 깨끗해집니다

눈이 오는 날은
마음이 순결해집니다

눈이 오는 날은
마음이 부자가 됩니다

눈이 오는 날은
하늘나라 메시지가 숨어 있을 것 같습니다

눈이 오는 날은
동화나라가 생각납니다

눈이 오는 날은

꽃처럼 돌아온다면

배고픔을 모릅니다

눈이 오는 날은
오솔길을 마냥 걷고 싶습니다

눈이 오는 날은
눈 속에서 잠들고 싶습니다

눈이 오는 날은
옛 짝사랑이 생각납니다

눈이 오는 날은
포대에 담아 수출하고 싶습니다

눈이 오는 날은
시를 쓰고 싶습니다

눈 아, 고맙구나
그대는 내 연인

잊지 말고
가끔 사뿐히 와 다오

겨울

나이 들면

"나이 들면
추억으로 산단다."
어릴 적 어른의 말씀

젊은 날은 희망으로 살고
늙으면 지난날을 회상하면서

고생한 것
가난한 것
넘어지고 또 넘어진 것
가슴 졸였던 일
짝사랑하던 일
애들이 태어나던 날
집 사서 이사하던 날

오늘의 고난도
내일의 추억 속에서
아름답게 피어날 수 있음을

꽃처럼 돌아온다면

그나마 다행

세상의 모든 소리를
다 듣고
세상의 모든 것을
다 보고
세상의 모든 것을
다 느낀다면

좋을까, 아닐까?

다 안 들려
그나마 적요(寂寥)하고
다 안 보여
그나마 청결(淸潔)하고
다 만지지 못해
그나마 유유(悠悠)한 것 같다.

그나마 다행이다

돈

자본주의에서
돈의 위력은 얼마나 될까?

만물의 교환 수단
돈은 귀신도 부린다

사람들의 정신적 육체적
행동 유인의 미끼 같은 것

들어오는 것은 기쁨이요
나가는 것은 아쉬운 무엇

누구는 너무 많아 주체 못 하고
누구는 너무 없어 고통 받는 것

어린 아이부터 모두
좋아하는 최고의 선물

거지에서 일거에 왕족으로

꽃처럼 돌아온다면

대우받게 하는 무서운 힘

먹고 싶은 것
사고 싶은 것
기분 좋게 하는 것
모두를 가능하게 하는 황금 종이

신과 동격(同格)의 권위

그러나
갈 때는 종이 한 장
못 가지고 가는 무용지물(無用之物)인 것

나도 너도 모르는 나

내가 알고 있는 나
너가 알고 있는 나
나도 너도 모르는 나

내가 모르는 너
너도 모르는 너

모두가 알고 있는 그대
누구도 알지 못하는 그대

하루에도 천변만변(千變萬變)
희비(喜悲)가 교차하는
그것의 정체는 무엇일까

꽃처럼 돌아온다면

그리운 모습

아지랑이 피어오르는 먼 산
눈처럼 날리는 벚꽃의 낙화

추억 어린 동네 꾸불꾸불 담장길
마당 감나무 위의 새밥 감 몇 개

집집마다 밥 짓는 굴뚝의 연기
초등학교의 큰 플라타너스 그늘

천사처럼 보이던 여선생님
일꾼들의 새참 내 가는 아낙네

황금 곡식 바라보는 들녘의 농부
마을 공터에서 연 날리는 아이들

동네 입구 큰 나무에서 무탈 비는 어르신

정감 어린 풍경
그리운 모습

겨울

안식의 자리

인연이 화합하여
생명이 잉태하고

종착지 가는
인생 열차에 몸을 실으니

천천히 가자 해도 소용없고
쉬었다 가자 해도 소용없고

내린다 해도 안 내려 주고
탈출하고 싶어도 안 되고

그렇게
종착지에
영원한 안식의 자리가 있을 뿐

그것이
인생이다

꽃처럼 돌아온다면

작은 짐수레

작은 짐수레를 끌고 가는
늙은 등 굽은 노파의 숨소리에서

파지를 주워 모으는 시커먼 얼굴의
중년 아저씨 기침 소리에서

아침마다 쓰레기 수거장을 뛰어다니며
쓰레기봉투를 줍는 아저씨 발소리에서

아침부터 저녁까지 물건 사라고 부르짖는
과일가게 점원의 외침 소리에서

밥벌이의 신산함과
노고에 숙연함을 느끼며

고구마

어릴 적 고구마는
고마운 겨울 식량이었다

늦가을에 수확하여 얼지 않도록
방에 짚단으로 쌓아 올리고
그 안에 잘 보관했다가

조금씩 꺼내서 삶거나
아궁이에 넣어 구워 먹었는데
김치나 무김치 국물하고 같이 먹었다

군것질 거리가 없던 시절
쌀밥이 부족했던 시절
배를 채워 준 고마운 웰빙 먹거리였다

요즘 고구마같이 생겼다고 하면
복 있고 덕 있는 사람이라는
찬사의 말이 아닐까

깨끗한 백지 한 장

삶이란
눈을 감으면
수십 년의 인생 여정이
파노라마 되어

노력과 후회
성공과 실패
환호와 탄식
기쁨과 슬픔이
눈앞을 스쳐 지나가고

눈을 뜨면
깨끗한 백지 한 장
탁자에 놓여 있구나

신문 배달

이불 속에서
나오기 싫은

꽁꽁 언 추운 날

현관문에 신문 배달 소리

꽁꽁 언 눈썹
꽁꽁 언 손발
호호 불면서

배달 호수를 찾아
발걸음을 재촉한다

따뜻한 소식으로
겨울을 녹여다오

춥지 않니

앙상한 나뭇가지 위에
까치집은 비바람에도 끄떡없고

얼음물 같은 개울에서
오리는 먹이 찾기 바쁘고

뒷산의 산비둘기
아침부터 창공을 박차고

춥지 않니
춥지 않다고?

인간은 여러 겹 옷 입어도 추운데
마음이 추워서 그럴까

달님

어릴 적
아름다운 여인을 보면
보름달같이 환하게 생겼다고

보름달을 바라보며 빌면
소원이 이루어진다고

직접 가서 본 달이
풀 한 포기 나무 한 그루 없는

황량한 땅임을
상상이나 할 수 있었을까

달님이 준 교훈 하나

모든 것을
겉으로
쉽게 판단하지 말지어다

꽃처럼 돌아온다면

마지막 길

순서가 없는 길
불현듯 찾아오는 길

모두가 가야 하는 길
조상이 모두 간 길

동무 없는 길
외롭고 쓸쓸한 길

권세도 재물도 명예도 무용지물인 길
무엇이 기다리는지 알 수 없는 길

인간의 그 어떤 하소연과 사정도
들어주지 않는 야속한 길

오늘이
인생 첫날이자 마지막 날인 듯이
열심히 사는 수밖에

역사는

역사는

이 땅을 살아간
개개인 인류의
걸어간 총합이다

당신의
오늘
정직한 하루는

역사의 갈피 속에
고이 간직되리

　　　　　　　　　　　꽃처럼 돌아온다면

손자가 하늘나라 할머니에게

눈을 감으면
할머니의 따스한 목소리가 들려요

손잡아 주시고 맛있는 음식해 주시던
거북 등 같던 할머니의 손등도

걷기 싫어 투정 부릴 때
내주시던 할머니의 앙상한 굽은 등도

길을 걷다 군것질거리 사 달라고 떼를 쓸 때
할머니가 여신 가벼운 지갑 속도

잠이 오지 않아 뒤척일 때
불러주시던 아득한 자장가 소리도

새해 첫날 고운 옷 입고 큰절 할 때
복 많이 받으라며 내미신 복돈도

필요할 때마다 도움 요청하던, 할머니!

불러만 드려도
환한 미소 짓던 주름진 얼굴도
어제 일처럼 뚜렷이 보여요

할머니!

그리움은 사랑인가요
세월이 흐를수록 그립습니다
오늘 밤에도 꿈속에서 만나요
인제까지나 지켜봐 주세요

꽃처럼 돌아온다면

100세 시대

20세기 초 인간 평균 수명 40세.

21세기 초 인간 평균 수명 80세.

100년 동안 두 배 이상 신장.

머지않아 120세~140세 인간 평균 수명 전망.

장수 사회는 양날의 칼날과 같다.

건강하지 않고 희망과 보람을 잃은 고령자는 고생의 연장이라 할 수 있다.

100세 시대는 현역 못지않게 퇴직 후에 살아야 할 후반인생이 중요하다.

얼마나 살 것인가보다 어떻게 살 것인지 고민해야 한다.

가치 있는 일, 경제력 확보, 건강이 필수요소가 된다.

건강한 장수 사회 도래에 따라 주된 일자리에서 퇴직 연령을 높일 수 있는 방안이 논의되고 추진되어야 한다.

미국, 영국은 정년제도가 없으며 일본은 사실상 70세 정년이 실시되고 있다.

정년연장 또는 정년 후 계속 근무를 희망하는 노동자의 재고용 등 풍부한 정책 논의가 필요한 시점이다.

100세 시대를 행복하게 살아갈 구체적 비결은 무엇일까?

생활에 긴장감을 유지하면서 새로운 일에 도전한다.

마지막까지 인생의 현역으로 살자는 마음가짐을 한다.

아침에 "오늘도 소중한 하루다.", 저녁에 "오늘도 즐거운 하루였다." 며 감사한 마음으로 산다.

가족 구성원, 주변 사람들과 좋은 관계를 유지한다.

두뇌 활동에 도움이 되는 독서, 글쓰기(일기, 에세이), 바둑 등을 즐긴다.

난 가꾸기, 텃밭 가꾸기 등 취미 활동과 봉사 활동을 꾸준히 한다.

약물에 의존하기보다는 운동을 매일 30분~1시간 꾸준히 하고 쉴 새 없이 몸을 움직인다.

식사는 소식을 기본으로 하고 야채, 과일, 생선, 해조류를 많이 먹는다.

꽃처럼 돌아온다면

삶 이후에

"사람에게 믿지 못할 네 가지 일이 있다.

첫째는 젊음도 마침내 늙음으로 돌아가는 것이요,

둘째는 건강한 것도 마침내 죽음으로 돌아가는 것이며,

셋째는 육친이 한데 모여 화목하게 산다 해도 마침내 헤어질 수밖에 없는 것이요,

넷째는 아무리 재산을 쌓아둔다 해도 마침내 흩어지고 마는 것이다."

-『법구비유경』

한 치 앞을 아는 사람은 아무도 없다.

아침에 일터로 나가 저녁 무렵에 무사히 귀가했다면 감사할 일이다.

삶, 살 만해지면 조금 남아 있는 것.

"인생은 보통 칠십이요, 강건하면 팔십이다."

- 시편

살아가는 모든 것은 나면 언젠가 소멸(消滅)되는 것이 생명의 이치
요 우주의 질서라고 할 수 있다.

숨을 쉬지 못하는 순간부터 死의 세계에 들어간다.

생명은 한 번 죽으면 다시 살아날 수 없는 절대성과 일회성을 특징으
로 한다.

나이 먹는다는 것은 죽음에는 순서가 없다는 무서운 사실을 받아들
이는 일이다.

중년 후반에 부모가 세상을 떠나면 머지않아 죽음이 내 일이 될 수
있다는 것을 희미하게나마 의식하게 된다.

죽는다면 어떤 후회를 하게 될까?

별거 아닌 일에 노심초사하며 살아온 일,

다른 사람들에게 더 따뜻하게 베풀지 못한 일,

자기를 더 사랑하지 못한 일,

잘 놀지 못한 것.

어떻게 살아야 할까?

지금 하는 일에 열과 성을 다하는 것이다.

오늘이 인생 첫날이자 마지막 날처럼 숭고한 마음으로 산다.

욕심은 조금 줄이고 몸의 움직임은 조금 늘린다.

하루에 작은 시간이라도 남의 유익을 위해 사는 것이다.

꽃처럼 돌아온다면

감사하고, 청찬해 주고, 웃어 주는 것부터 실천하는 것이다.

가족들에게 "사랑한다."고 자주 얘기하자.

꽃처럼 돌아온다면

ⓒ 윤광일, 2024

초판 1쇄 발행 2024년 9월 12일

지은이   윤광일
펴낸이   이기봉
편집   좋은땅 편집팀
펴낸곳   도서출판 좋은땅
주소   서울특별시 마포구 양화로12길 26 지월드빌딩 (서교동 395-7)
전화   02)374-8616~7
팩스   02)374-8614
이메일   gworldbook@naver.com
홈페이지 www.g-world.co.kr

ISBN   979-11-388-3513-8 (03810)